KB003667

오늘의 시집

김도담

오늘의 시집

2023년 10월 16일 초판 1쇄 인쇄
2023년 10월 27일 초판 1쇄 발행

지은이 | 김도담

책임편집 | 송세아
편집 | 안소라
일러스트 | 이로
제작 | 김소은
관리 | 김한다 한주연
인쇄 | 금비pnp

펴낸이 | 이장우
펴낸곳 | 꿈공장 플러스
출판등록 | 제 406-2017-000160호
주소 | 서울시 성북구 보국문로 16가길 43-20 꿈공장 1층
전화 | 02-6012-2734
팩스 | 031-624-4527
이메일 | ceo@dreambooks.kr
홈페이지 | www.dreambooks.kr
인스타그램 | @dreambooks.ceo

ISBN | 979-11-92134-50-5

정 가 | 13,000원

오늘의 시집
POST

시인은 아닙니다. 그저

세상 모든 시인님을 존경합니다.

그들의 시선, 깊이, 품위를요.

김도담

★

오늘의 시집 첫 번째 메뉴

"있는 그대로 좋아해 줘서 달아올라요"

달팽이 13 **딸기** 14 **랑사** 15 **공유** 16

오징어 17 **복사꽃** 18 **봄** 20 **벌** 22

무지개 23 **36.5** 24 **마우스** 25

키뚜 26 **장어** 27

널 28 **껌** 29 **사탕해** 30 **꽃** 31

커피 향 32 **찰흙** 33 **심장** 34

주량 36 **다한증** 37 **엘레베이터** 38

주근깨 39 **김장독** 40

★

오늘의 시집 두 번째 메뉴

" 향기는 말을 못 해 아련하지 "

붕어빵 44　사랑은 45　사과 46　나도 모르게 48

응답하라 ㅅㅣㅁㅈㅏㅇ 49　팽이 50

코인 노래방 51　바나나 52　팽이2 53　금붕어 54

재생 55　냄새 56　보내주는 길 58

그대 그땐 지금 59　저 멀리 60　잠시 쉬다가 62

마지막 장 63　카멜레온 64　서리 66　담배 68

색 69　외침 70　검도 72　참교육 73　미제 74

조약돌 75　그 사람 76　인사 78　정답은 아니지만 80

★

오늘의 시집 세 번째 메뉴

“ 때마침 나를 구하러 온 그댄 나의 시리우스 ”

★ 이유없이 84 어묵 86 인생연극 88

두 친구 90 닭발 91 닭발2 92 닭발3 94

오징어 게임2 95 시리우스 96 시곗바늘 98

블랙홀 99 하얀 새벽 100 하얀 새벽2 101

달 102 달과 토끼 103 달과 별과 똥별 105

달2 107 나이키 109 모기 110 빨래 111

영화 현장 112 내 모습 113 금메달 115

퇴근길 117 나무 기둥 118 위기와 기회 119

바다 120 회전목마 121 프라닭 122

선인장 123 만두 124 문자 125

비행기, 억 126 ★ 127 수건 128

오미자 어르신 129 엄니 130 아부지 132

꽈배기 133 박하 134 쉼표 135 방화복 136

부부 137 면봉 138 백운대 139 숨바꼭질 140

키 141 파김치 142 고구마 144 꿈공장플러스 145

청춘 뮤직 146 짬뽕과 두꺼비 148 어느 날 150

★

오늘의 시집 첫 번째 메뉴

“

있는 그대로 좋아해 줘서

달아올라요

”

달달한 사랑의 문장에 곁들인 한 폭의 그림!
마음에 드는 구절을 사랑하는 사람에게 전해도 좋아요

10 - 41

달팽이

내 촉수가 너에게로 안내해

너도 날 향해 한걸음 인내해

아주 느리게 서로에게

다가오고 있음을

감지해

아주 느리게 서로에게 다가오고 있음을 감지해

「달팽이」 중에서

딸기

숱은 없지만

머리색은

녹색이랍니다

그이는

제 주근깨도

매력 포인트래요

있는 그대로 좋아해 줘서

달아올라요

거울을 보니

하트와 닮았네요

있는 그대로 좋아해 줘서 달아올라요

「딸기」 중에서

랑사

그댈 보면 얼굴에 봉숭아 물들어 들키고 말지요
무슨 말을 해야 할까요
내 마음은 랑사해요 랑사해요

그대와 손잡으면 백만 볼트 찌릿찌릿
속에서는 바카디 75%
내 마음은 랑사해요 랑사해요

그대와 키스하면 내 입술은 조커 입술
그대 입술은 내 입술
내 마음은 랑사해요 랑사해요

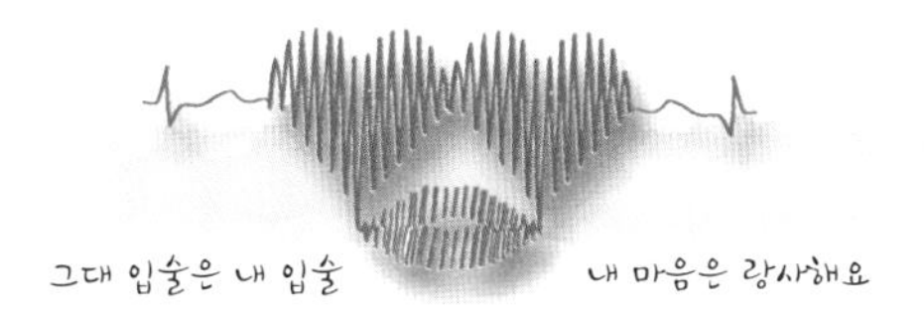

「랑사」 중에서

공유

나와 마음을 공유하지 않고 TV 보는 너
TV 속의 공유와 공유하는 너

나와 공유해 달라며 울부짖는 나
TV 속에 빠져든 공유 안의 너

도깨비가 되어 방망이로 칠까
방망이가 되어 공유를 칠까

TV속의 공유와 공유하는 너

「공유」 중에서

오징어

사람들은 새빨간 초장에 널 찍어 음미하지

휴게소에서도 널 만나 뱃속으로 끌어들이지

하지만 난 달라

바다 한 가운데에서 널 낚아채

너의 열 다리 중 네 번째 발가락에 반지를 껴

프로포즈를 하고

적들로부터 먹물로 널 사수하고 다섯 번째 발가락으로

어깨동무를 하고 바다 여행을 할래

우리 아쿠아맨이 돼볼까?

복사꽃

사월중순
개화한너

찰찰찰찰
칵칵칵칵

옹기종기
연분홍색
너랑나를
담아낸다

컨트럴씨
널복사해
브이브이

퍼뜨린다

꽃바람이

향기되어

널리널리

퍼져간다

봄

손에 벚꽃을 쥐여줬다
사랑한다는 말도 함께

주머니 속에 봄기운이 들어왔다

당신은 내가 아는 것보다
따듯하고 아름다운 사람
그래서 더 고마운 사람

이 시간이 이 지역이 이 공기가
모두 당신으로 번져간다

따스한 봄날에
따듯한 행복에

따끔한 벌들과 함께

우리의 인생 한 부분이
추억으로 칠해져 가고 있다

벌

당신의 피부는 꿀
여왕벌의 막내딸인가요
함께 있으면 너무 달콤해서 엔도로핀
마구마구 솟아나요

저녁 데이트엔 달달한 분위기와
달콤한 음식이 피어나네요
나에게 장난을 치고 싶다면
벌침을 놔 주세요
달게 받고 달달한 입맞춤으로 보답할게요

나에게 장난을 치고 싶다면
벌침을 놔 주세요

「벌」 중에서

무지개

무지개 미끄럼틀을 타고 내려오는 이 길
롤러코스터를 타는 기분이네요
천둥과 번개와 소나기를 피해
도착한 이곳
우리의 정원입니다

비바람이 그치고 해가 뜨네요
하늘을 봐요 우리가 타고 온 무지개를 봐요
모두 예쁘네요 마음도 따듯해져요
저 아름다운 색이 우리를 비춰주네요
우리에게 어떠한 시련이 와도
기억하고 추억하고 이겨내요
아름다운 무지개처럼

기억하고 추억하고 이겨내요

「무지개」 중에서

36.5

너란 사람을

안고 있을 때 느껴져

음 체온은

36.5 가 안 되는 느낌적인 느낌

내 온도로 따듯함을 줄래

그 온기로 널 감쌀래

네가 날 보고 있을 때 느껴진다

나만큼 네가 날 사랑한다는 것이

365일을 매일 같이 함께해서 좋다

네 눈빛이 따듯하다

그 눈빛도 36.5

내 온도로 따듯함을 줄래

「36.5」 중에서

마우스

놀이동산에 너와 나의 커플룩
그 옷은 바로 미키마우스

가로등 등불 아래 분위기 잡고
너의 마우스 나의 마우스
바르르 떨리는 내 입술 네 앵두

pc방에서 게임하며
내 손과 악수하며 이동하는
너는 나의 즐거운 마우스

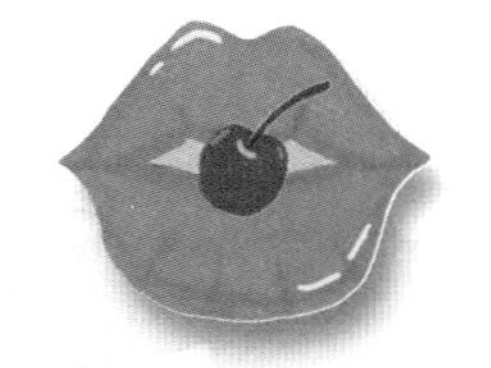

쓰디쓴 너의 잔소리, 셧더 마우스

「마우스」 중에서

카톡 답장 늦는다는
쓰디쓴 너의 잔소리
셧더 마우스

키뚜

너의 입술이

나의 입술을

잠금 해제

너의 입술이 나의 입술을 잠금 해제

「키뚜」

장어

너의 꼬리에 힘을 받아

좋은 곳에 사용했다

너의 꼬리에 힘을 받아 좋은 곳에 사용했다

「장어」

널

사실 항상 훔쳐봤어
웃을 때 살짝 보이는 보조개도
시선을 맞추고 나서 웃는 네 모습도

널 따라오는 온도가 좋아
네가 웃으면 온통 아지랑이가 피어올라

곁에 서면 구름 속에 빠진 것 같아
중심을 못 잡겠어 난

곁에 서면 구름 속에 빠진 것 같아
중심을 못 잡겠어 난

「널」 중에서

껌

붙어서 떨어지지 마

불어서 사랑이
부풀어 오르면

우리
터지지 않게
잘 날아보자

「껌」 중에서

사탕해

막대를 부여잡고 군침을 삼킵니다

껍질을 벗겨냅니다

빨려 들어갈 뻔했지만

부끄러운 마음에 눈을 감아봅니다

속살의 달콤함을 혀로 음미합니다

녹아내립니다

막대사탕 합니다

막대사탕 합니다

「사탕해」 중에서

꽃

힛, 로즈 한 송이 샀어 받아

너랑 비슷하네 빨간 매력

꽃보다 더 치명적인 색아

꽃향기보다 좋은 냄새야

넌 나의 영원한 꽃이란다

힛, 로즈 한 송이 샀어 받아

「꽃」 중에서

커피 향

아메리카노 냄새를 맡는데

짜릿하게 냄새가 올라와

너무 고소하고 좋은 거야

같이 한잔하고 싶은 거 있지

마주 보며 고소한 분위기에 취해서

눈 보면서 스콘과 비스킷도 함께

같이 한잔하고 싶은 거 있지

「커피 향」 중에서

찰흙

찰흙 속에 숨어 들어가자

말캉말랑할 때 들어가자

하트 모양 만들 때 그때 들어가자

인생은 타이밍

손잡고 같이 입장하자

굳어간다 웃자 웃어

같이 굳어가자

심장

그대야

널 보잖아

그냥 가끔 재미있는 생각이 들어

가슴 깊이 파고들어서

심장 소리로 네 마음을 알고 싶어

얼마나 뛰는지 듣고 싶고

들어가 보고 싶기도 하고

네 심장은 어떻게 생겼을까

보고 싶고 느끼고 싶고 만지고 싶어

아니 먹어버리고 싶어

혀로 음미하다 삼키고 싶어

어떤 맛일까

내 심장과 맞바꾸자

내 심장도 느껴봐

얼마나 뜨겁고 맛있는지

주량

주량 근처에 도착해서

멈추고 한 잔 건네며

잠긴 잔을 보며 눈을 보며

애교를 부려볼까

잠긴 잔을 보며 눈을 보며
애교를 부려볼까

「주량」 중에서

다한증

손금에서 새어 나온 물
금손이네 금손이야

부끄러워 마슈
사막의 오아시스여

작은 손
이 큰손을
손수건이라 생각, 제게 문대시오

마르지 않는 촉촉함
물 꽃병 같은 따듯함이여

엘레베이터

닫힌 마음이었는데

버튼을 누르고 들어오다니

주근깨

촘촘하기도 하여라

별바다여

깨가 쏟아지는 얼굴

은하수가 보이지요

깨가 쏟아지는 얼굴 은하수가 보이지요

「주근깨」 중에서

김장독

김장독에 나를 묻어 준 그이
만지고 버무려 주고 뿌려준 그때를 되뇌다
숙성시켜주고 인내와 인생의 맛을
가르쳐줬던 너를 되뇌다

나와 시간을 보내며 땀 흘렸던 시간
내가 나올 때까지 기다려준 너의 마음

네 입속에 제일 먼저 들어가 황홀했고
사람들의 입이 즐거워서 내 기분도 아삭하다
내 얘기가 험담이 아닌
좋은 말이 오가게 해준 너의 솜씨

너와 함께여서 행복했네

김장독이 밖으로 나올 시간이구려

내 생명 다 했네 먼저 가서 미안해

하지만 당신 김장독처럼

나를 좋은 땅에 묻어주게나

저 멀리서 당신을 바라보고

기다리고 있겠네

내게 다시 우리 다시 만나

이 땅에 돌아오리니

★

오늘의 시집 두 번째 메뉴

“

향기는 말을 못 해

아련하지

”

새콤달콤 사랑의 향기를 음미해보아요!
마음에 드는 구절을 사랑하는 사람에게 전해도 좋아요

42 - 81

붕어빵

분명히 먹었는데
기억이 안 나

속이
시커멓게
가득 찬 이 느낌

상처가 우주 같아서
소화 시키는데
오래 걸렸어

시간이 지나 보니
달짝지근하다
어렴풋한 기억 정도는
나는 거 같기도 해

분명히 먹었는데 기억이 안 나

「붕어빵」 중에서

사랑은

사랑이 뭐 같아요?

뭣 같아요

사랑이 왜 뭣 같나요?

엿 같거든요

사랑이 왜 엿 같아요?

달달한데

녹아버리죠

사과

대롱대롱 매달려
버티는 나예요

깎지도 말고
베어 먹지도 마세요

내 몸은
피로 물들었으니까

미안하단
한 마디면 됐는데

독이 퍼져
눈이 감겨

맘은 썩은 채

박스에 갇혀

어디론가

떠나갑니다

미안하단 한 마디면 됐는데

「사과」 중에서

나도 모르게

네 미모에 빠져

네 미소에 빠져

네 매력에 빠져

네 마력에 빠져

네 마음에 빠져

네 몸매에 빠져

조심해 자빠져

응답하라 ㅅ ㅣ ㅁ ㅈ ㅏ ㅇ

기억 저편에 자리했다
문득 생각이 난다
다신 만날 수 없다

보고 싶지도
어떻게 살아가는지도
이젠 정말 괜찮다

누군가 먼저 다가와 주었다
심장이 다쳤는지 닫혔는지
반응이 없다

사람은 사람으로 잊는 거라고
누가 그랬는데
왼쪽 가슴이 깊이 베였었는지
기척이 없다

팽이

돌고 돌고 돌아

만나다

던져지지 않았다면

마주치지 않았다면

조금 더 돌았다면

이 헤어짐 또한 없었을 텐데

어지럽지만

돌고 돌고 돌고

돌래

돌고 돌고 돌아 만나다

「팽이」 중에서

코인 노래방

너를 부르고

나를 달래고

우릴 외치고

바나나

반하지 마

미끄러져

팽이2

돌아버려?

멈춰버려!

금붕어

비밀이야

네가 기억 안 나

비밀이야 네가 기억 안 나

「금붕어」

재생

노래가 흘러 눈물이 울컥

감정이 목 밑까지 차 올라와

근데 눈 감고 듣게 되는 거야

닫았던 기억의 마음이 재생해

함께했던 기억 살포시 웃게 돼

다음 곡은 무슨 곡일까

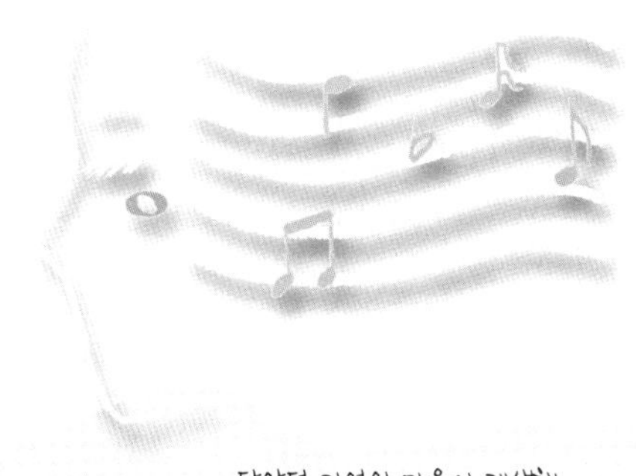

닫았던 기억의 마음이 재생해

「재생」 중에서

냄새

눈 코 입 생각이나
생긴 모습 기억이나
추억도 어렴풋이

지나치는 누군가

그 향기에 취해
고개를 돌려 쳐다봤어

향기는 말을 못 해
아련하지
설명이 안 돼
그냥 그 사람 냄새인 거야

향수도 아닌 샴푸도 아닌

스킨도 아닌 담배도 아닌

향이 짙은 그냥 그 사람 냄새

보내주는 길

사랑님과 함께 한 기록은 종결
님을 가질 수 있는 시간도 초과
널 얻는다는 것이
체념하고 보내는 일이라는

두 사람이 사랑하는 거
누군가는 식는다는 것

슬픔 속으로 들어와
방황하는 칼날 같은 시간

떨리고 아리다
사랑하는 그 사람
떠나도록 놔주었네
비켜 갈 수 없는 먼지처럼

그대 그땐 지금

그대는 마침표라네

느낌표 찍고 네 앞에 섰지만

꽃으로 대해준

새로운 사람에게로

피어 떠났네

아

갈대여

일출 보며 약속했던 우리의 속삭임은

어디로 뜬 건가

금세 일몰로 다가와

어둠이 시작되네

날개가 있다면 저 멀리

날아가고 싶다

태양이 없는 곳으로

저 멀리

파편이

조각난 채

사방팔방 흩어져있다

고독과 슬픔에

홀로 있는 시간

정리하다

흐트러뜨리고

아프고 아프고 아팠다

시간이 흘러 시간이 꽤 많이 흘렀다

빛과 어둠이 여러 번 반복했으니

조각들을 본 모습대로
되돌려놓으려고 해봐도 안 되더라

새벽하늘 보며 던졌다
산 정상에서 내려다보며 던졌다
바닷물에도 곳곳에 다 던졌다

지금쯤 어딘가에 있을 것들이
하나 되어 그저 아름답게
잔잔히 흘러갔으면 좋겠네

잠시 쉬다가

나무 앞에 앉아
깊은 생각에 잠겼다

네 심장이 왜 날 밀쳐냈을까
고민에 또 고민해 보았지

믿음 하나 심어주지 못한 행동에
상처 박힌 뿌리 되었네

미안하고 또 미안하다
물에 내 마음 온전히 전해본다

스며들어 만난다면
조금이나마 내 마음 알아줬으면 좋겠네

마지막 장

우리의 앨범 속 마지막 고해성사

끝은 비참하게 끝났지만

웃을 수 있어

다시 반복되지 않는

아름다운 추억이었기 때문이야

카멜레온

온도 환경 기분 습도에
크레파스가 되는 너
무한 매력에
난 항상 가슴이 설레

오늘은 어떻게 변신할까
어떤 패션으로
날 설레게 할까

하지만 어느새
내게 멀어지려고
검은 신호등을 켜네
보이지 않아
찾을 수가 없어

어디로 떠나간 거니

남은 건 화려한 기억뿐

주위를 둘러보아도

온통 너인 것 같은 이 기분

무한 매력에 난 항상 가슴이 설레

「카멜레온」 중에서

서리

동이 트는 새벽 창가를 바라본다
서리가 도착했다
잊었다고 생각했는데 나타나
내 앞 풍경이 얼어버렸다

떠난 사람아
왜 나타나 내 앞을 뿌옇게 만드니
혼미하다 혼미하다

서리에 담긴 편지

떠나가서 미안해요
돌아서니 생각나요

서리가 녹을 때까지

바라볼 수밖에 없었다

나도 내 마음 알지 못하는 것을

담배

불 켜면 네 얼굴 떠올라

흡입하면 내 속에 네 영혼 들어와

뿜어지면 내 속 병들게 하고

그렇게 넌 떠나간다

그래도 한 모금 네가 들어 온 순간

난 그때나마 행복하다

불 켜면 네 얼굴 떠올라

「담배」 중에서

색

너의 마음은 어떤 채색일까

오늘은 어떤 색을 끄집어낼지

종잡을 수가 없다 알 수 없다 너도 잘 모를 거다

곱디고운 너의 색깔 중 오늘은 어떤 기분의 채색일까

어느새 너의 색에 풍덩

나의 색은 어디 간 걸까

어디서부터 이렇게 된 걸까

너의 색에 물들어

이러지도 저러지도 못하는 난

어떤 채색일까

외침

외쳐본다

있는 힘껏

사랑해 메아리를

사랑해 사랑해 사랑해

애틋한 당신

절규가 들리는가

먼저 떠난 당신 위해 마지막까지

외칠 수 있는 포효

이 꼭 대기에선 내가 더 잘 보이려나

보고 있다면 비를 뿌려주오

얼굴 들어 하늘 바라볼 테니

얼마나 당신이 보고 싶은지

서럽고 원통해 눈물이 흐르네

검도

죽도 한 자루 마주 잡고 서로를 겨냥한다
죽도록 미운 널 죽도록 내리치고 싶은

휘슬이 울리고 한 대 맞고 머리가 울린다
호구 사이로 머리를 통해 내 가슴이 울린다

호구 사이사이로 따갑게 스쳤던
너의 아린 눈빛이 날 떠나간다

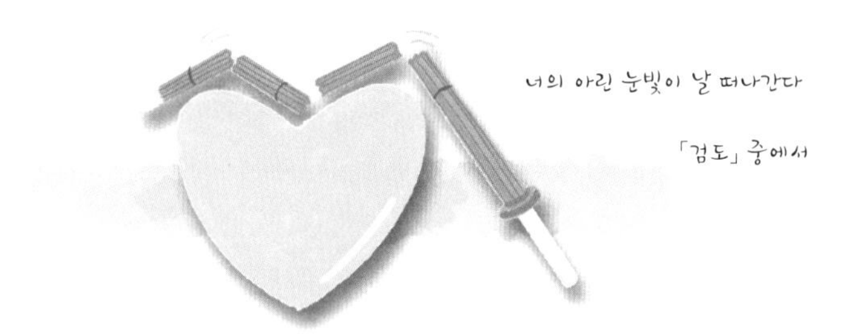

참교육

마음먹은 마음
누구도 되돌리지 못해
오늘 너에게 자퇴하고
바람처럼 물러난다

검정고시 합격해
새로운 바람을 만나
저 멀리 널 졸업하고
기억에서 퇴학시킨다

미제

사뿐사뿐 걸어와 업혔던 그리움

그 당시 무거웠지만 지금은 허전한 가슴

이제는 그저 허공을 채우는 공기 같다

활짝 핀 미소로 다가와 사랑을 속삭인 너

그 당시 내 귀는 닫혀있고 생각은 외딴섬 어딘가

파도처럼 시간이 흘러 서로가 마주쳤을 때

남은 건 그윽한 주름과 어색한 기류

조약돌

바다에 닿는 소리가 들렸다
몇 년째 되던 해 바다으로
딱 딱 딱 또르르

마음의 문을 열고
돌을 던졌을 당시엔
이 소리가 들릴지 몰랐다

사랑에서 이별로
상처로 눈물로 추억으로

다시 조약돌을 손에 쥐었다
반갑다 몇 년 만에 상봉했으니
살다 보면 다시 마음의 창문을 열고
조약돌을 던져야 하는 사람이 나타나겠지

마음의 창문을 열고
조약돌을 던져야 하는 사람이 나타나겠지

「조약돌」 중에서

그 사람

잡아야 하는가 놓아야 하는가
줄 하나를 잡아보니
놓기가 싫었다

놓으면 마음이 편해질까
놔버리니 뱀처럼 붓질하며 떠나네
앞만 보고 가는 너 돌아보지 않는 너
차라리 똬리라도 틀지

바라보는데 어느새 시야에서 사라졌네
허무함과 멍함이 동시에 내 마음을 출렁이네

그래, 낮고 깊숙이 떠나라
위만 보고 살아가련다

밑을 보다 마주치면 다시 잡을 수도 있을 거 같으니

그래도 비가 오면 생각날 거 같아

가랑비가 오면 위에서 길 터줄 테니 가던 길 가라

소나기가 오면 잠시 쉬었다 가라

인사

이기적이었어요

다 준다고 했는데 못 준 거 같아요

다 준다는 게 뭘까요

사랑하는 방법도 잘 몰랐던 거 같아요

방법이란 게 있는 건가요

말뿐이었죠 기대하게 만들었죠

어디에 있든 행복할 모습이 그려져요

가슴을 끓게 만들어줘서 고마워요

여전히 가슴 한편에 명칭을 갖다 붙이기 힘든

뭔가가 있어요. 아픈 건 아니랍니다

이성이 감성을 덮어가네요. 별이 지는 거처럼

머리를 밀어봤어요

새롭게 자라고 태어나고 싶어서요

웃죠 웃어야 해요

음 마지막 인사가 달리 표현 방법이 떠오르진 않군요

그래도 용기 내서 말합니다

남은 삶도 사랑입니다

사랑하세요

정답은 아니지만

사랑이란 엄청난 감정입니다
사랑은 솔직해야 합니다
우유부단하면 안 됩니다

서로를 인정하고 서로의 성장을
진심으로 바라는 마음이 사랑입니다
준 만큼 돌려받으려고도 하지 마세요

전력 질주하지 마세요
천천히 가도 마지막 지점은 알 수 없어요
일단 상대방 속도에 맞춰봐요
사랑이란 단어로 핑계를 대면
그 끝은 안 봐도 보여요

자신을 사랑하고 사랑하세요
그래야 끝이 나더라도 치유가 빨라요
사람을 경험해보기 전에 사랑에 빠져서 힘들었어요
혹은 나의 감정이 어떤지도 모른 채
끌려간 것일 수도 있고요.
하지만 그게 저의 큰 자산이 되었다고 생각합니다
기다리세요 각자의 짝꿍이 나타날 테니까요

★

오늘의 시집 세 번째 메뉴

“

때마침 나를 구하러 온

그댄 나의 시리우스

”

별사탕처럼 은은하게 퍼지는 사랑의 맛!
마음에 드는 구절을 사랑하는 사람에게 전해도 좋아요

82 - 152

★이유없이

겨울의 모래사장을 거닐다

사람들 구경했고

옷 가게도 둘렀지

문득 이 인간 저 사람

그 추억도 떠오르더군

시장에선 생선 정식을 시켜 뼈도 발라버렸어

먹을 줄 아는 사람은 눈도 먹는다는데

눈싸움에 졌지 뭐야

책도 몇 페이지 넘겨보고

가게 안에서 핸드크림도 발라봤어

다 섞여서 무슨 냄샌지 구분이 안 돼

어제 먹다 남은 치킨

주머니 속

견과류의 그럭저럭한 조합

먹다 남은 김 빠진 콜라

내 하루가 그랬어

따듯한 숙소에서 샤워를 하고 다시

사브작사브작 나갈 채비를 해

검은 롱패딩의 분신술로 바다의 별을

별 이유 없이 그냥 몰래 보고 싶어

너는 위에서 날 내려보겠지

자동으로 이 시각엔 뜨니까

나도 눈만 치켜들고 별생각 없이

내 별자리 게자리나 찾아볼 거야

어묵

다음 생엔 바다에서 자유로이 날자

초점은 동태눈깔
밟히고 멎어가죠

떠 있지만 감긴 눈
물고기도 눈을 감죠

육신은 찢겨 파헤침 당하고
기계에 짓눌려 고통스러웠죠

물로 돌아왔건만
바닷물이 아닌 짠물에 잠겨
꼬치에 관통당한 먹잇감 인생이죠

다음 생엔 바다 깊은 곳에 잠식해

아무도 못 찾는 곳에서

유영하고 싶습니다

다음 생엔 바다에서 자유로이 날자

「어묵」 중에서

인생연극

암전처럼 어두컴컴한 시련
빛나는 조명처럼 반짝이는 삶

그대들의 인생은
극 중 어디쯤 왔는가

배역에 맞게 충실히
삶을 살아가고 있는가

인생이란 무대 안은
무수한 일을 겪기 마련이다

상대 배역 또한 많이 만나게 된다
같이 행복하게 호흡하고 맞춰간다면

언젠가 막이 내릴 인생 연극이

갈채와 함께 피어오르며

눈감을 수 있지 않겠는가

두 친구

오늘도 축구공 차였다

오늘도 럭비공 안겼다

어제는 밥을샀죠 기부천사

어제는 요리했죠 그녀에게

내일도 물어보겠지 연봉

내일도 안아줘야지 여봉

앞으로 혼자 살까 혼술

앞으로 함께 살자 건배

내 인생은 파울

내 인생은 홈런

닭발

너에게

네일아트는

무리인 건가

「닭발」

닭발2

하얀 닭발이 양념으로 물들면
비닐장갑은 고무장갑으로 변해가고
입술과 주변은 눈물로 번져가네

불맛과 땀줄기가 흘러
널 지긋이 쳐다보면
넌 엿이나 먹으라고 빳빳이
발가락을 굽히지 않지

물어뜯고 뼈를 발라
접시에 우수수 떨어지는
뼛조각 소리를 듣고 있노라면
입은 즐거운데 한편으론 무섭기도 해

언젠간 내 뼈들도
땅 밑으로 차갑게
떨어질 테니까

그렇기에 무뼈 닭발이 생긴 걸지도 몰라
입으로 들어가면 속은 뜨겁고
남는 건 재뿐이니까

그래서 난 죽을 때 화장보단
땅에 묻히고 싶어
내 마지막 파편들이니까

닭발3

가운뎃손가락을 보면

참 달달 할 거 같은데

입으로 들어오면

매운맛을 선사하지

고로 엿 먹어보라 이거지

오징어 게임2

또 떨어진 오디션

체육복도 입기 전에

죽여버리네

또 떨어진 오디션
체육복도 입기 전에 죽여버리네

「오징어 게임」

시리우스

처음 와보는 장소 쾌쾌한 향기로 물든다
이곳은 어디인가 스산하다

아무도 없는 어딘지 모르는 이곳에 홀로
앙상한 나뭇가지 냄새로 주위가 마비

칼바람이 따귀를 때리고 코끝이 시리다
내 앞에 서 있는 메마른 나뭇가지

날 감싸고 조인다
숨이 멎을 듯, 인공호흡이 필요하다

때마침 나를 구하러 온 한 사람
그댄 나의 시리우스

나뭇가지를 봉인시켜버린

말없이 사라진 시리우스

내 생에 가장 빛났던 기억

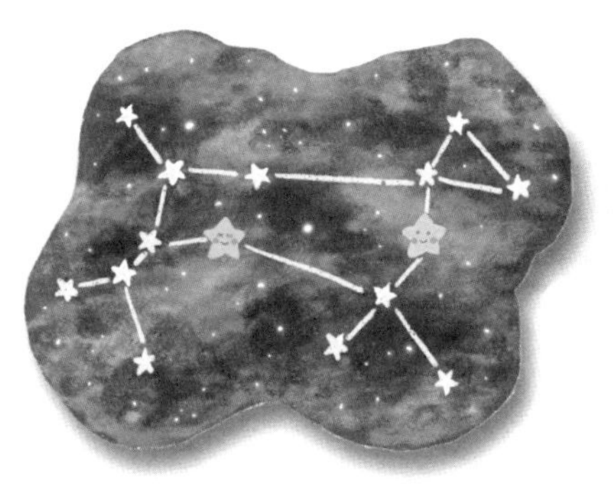

때마침 나를 구하러 온 한 사람

그댄 나의 시리우스

「시리우스」 중에서

시곗바늘

엇갈린 바늘이 수명이 다 되어
서로가 마주쳤을 때
새로운 세상 펼쳐지고
다가오는 그림자 드리워지다

그 그림자 밟으니 도망도 숨지도 못하네
가까이 다가가 말을 걸어보려 할 때
다시 돌아가는 바늘에 찔린 듯 잠에서 깨어

건전지를 빼 잠에 들어보아도
나타나지 않는 그 그림자
당신은 무슨 말을 하려고
내게 왔나요 그대여 어디 있나요

블랙홀

마음은 까맣게 타들어 간다

홀로 빠져버렸지 갇혀 버렸어

발버둥을 치지만 너무 멀리 왔구나

빠져나올 수 없게 날 끌어들였어

아니, 내가 스스로 택한 것일지도

꿈을 꿔도 어둠뿐이야

언젠가는 꼭 빠져나올게

먼저 가 있어 어느 곳이든

하얀 새벽

베란다 문을 열어보니
안 오던 눈이 내 눈을 의심케 했다
첫 발자국을 찍고 싶다

얼마 만에 들어보는 눈 밟는 소리인가
눈 오는 소리는 들리지 않는다

마음으로 들어야 하나

마음에 있는 응어리가 새벽 눈처럼 아련하다
새해에는 하얀 도화지에 멋진 그림을 그려보자

하얀 새벽2

눈이 내 눈을 뜨게

눈이 내 발을 뛰게

눈과 눈인사하고

눈에 살을 맞대고

눈에 발 도장 찍고

눈에서 멀어지면

마음에선 널 기다리는 나

겨울마다 내게 와줘서 고맙고

나약한 나를 미끄러지지 않게 가르쳐줘서 고맙고

불같은 나를 식혀줘서 고맙다

달

달의 표정은 슬프다
달리는 차 안에서도 바다에서도 들판에서도
그런 너의 얼굴을 보면 마음이 온화해진다

달이 숨는다 뭐가 슬퍼 저 멀리서 지켜만 보니
너와 함께할 수 있는 저녁 시간이 나는 좋다

달아

별이라도 따러 가면
좀 더 가까이 가면
그땐 서로 웃어주자

너와 함께할 수 있는 저녁 시간이 나는 좋다

「달」 중에서

달과 토끼

눈동자에 달이 차오른다
가득하다 너로

쟁반같이 둥근달에
토끼가 되어 뛰어놀고 싶다
밤새 총총 춤을 추고 싶다

떡도 만들어놓았네
무슨 떡일까

귀도 쫑긋 새워
달에 닿기를 기다린다
토끼가 나를 기다린다

나란 토끼는 너란 토끼를 바라본다
너란 토끼는 나란 토끼를 내려본다

충혈 돼도 기다린다

충혈되어 바라본다

막막하다 잠이 든다

먹먹하다 눈을 감는다

달이 거울이 된다

우린 닮았다

춥고 외롭다

서로 혼자다

시리다

우린

토끼고 달이다

달과 별과 똥별

달과 별은

전역을 못 한다

우주를 밤새 지키는 보초병이다

깜깜한 어둠

사람과 동물 곤충들

지구와 자연의 소리들이 메아리치며

멀리서 면회를 온다

그 넋두리 또한 지켜준다

다 터놓고 잘 자라고

오늘도 역시나

달과 별이 서먹하게 떠 있다

매일매일 우주를 지키는

별이 달에게 귓속말을 한다

떨어지고 있어 별똥별이

달이 똥별을 바라보며 미소를 띤다
소원을 빈다

별똥별도 빨리 빌라 말한다

우리 모두 빌자고 별들도 더 반짝인다
무슨 소원인지는 너만 안다

모두의 소원이 이루어질 때까지
우주를 지키고 사수한다

달2

초승달에 살짝 보이는 너의 몸짓에

난 눈을 떼지 못해

상현달로 변신한 너의 시스루에

내 눈빛을 보낸다

우리가 만나기로 한 15일

이 밝은 날 이 보름날

넌 나타나지 않았지

하현달에 넌 다시 나타나

반대로 뉘어 고갤 숙였지

새벽에 걸린 그믐달인가 보다

네가 보이지 않아
해가 환하게 뜨려나

다음 주기에도 기억해줘
잊지 않고 기다릴 테니

나이키

나이와 키가 먹고 자랐다

내 친구는 어릴 때 나이키를 자주 입었었다

부러웠다

나이도 나이답게 키도 황금비율로

결혼도 하고 멋지게 잘 산다

나이키를 입었기 때문이겠지

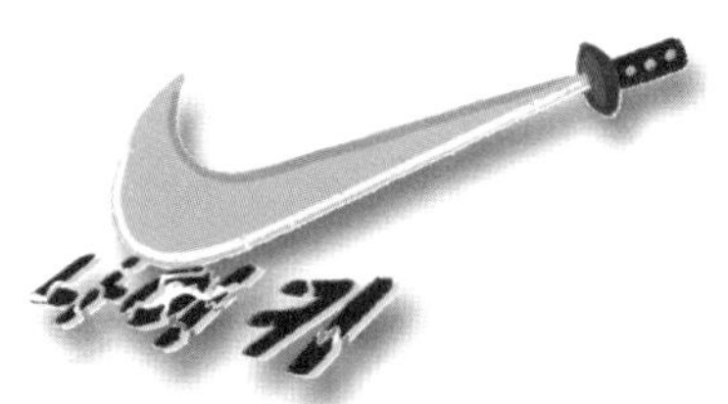

나이도 나이답게 키도 황금비율로

결혼도 하고 멋지게 잘 산다

나이키를 입었기 때문이겠지

「나이키」 중에서

모기

텅 빈 냉장고 시원 쾨쾨한 냄새가 난다

고시원 방안

베개와 나란히 누워있다

모기 한 마리가 주위를 맴돈다

몸에 빨대를 꽂았다

피를 갈구하는 너의 주둥이

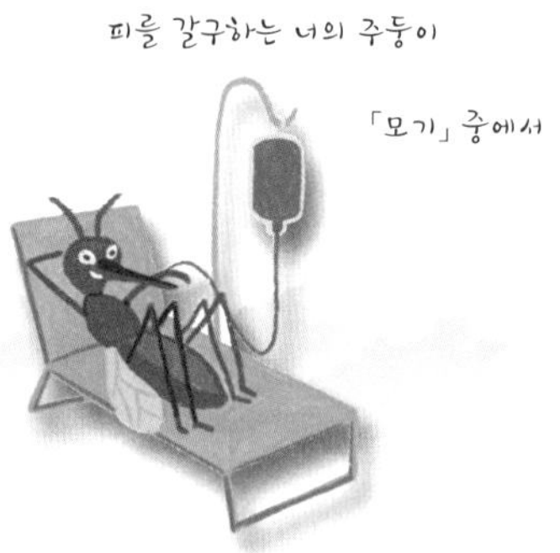

어느새 동질감에 한 표

헌혈 당하는 이 기분

영화표 한 장 주려나

주먹을 폈다 쥐었다 장난을 쳐 보지만

배부른지 저 멀리 날아가 시야에서 사라진

어느새 기절해 잠드는 모기와 나

빨래

상처 입은 옷들아

세탁기 안으로 집합해라

넌 왜 멍하니 서 있는 건가

그렇다면 내가 던져주마

그래, 들어가

시간이 해결해 줄 거야

헹굼과 탈수가 널 새 사람으로 탄생시켜줄 거야

네가 나오면 내가 말리고 말끔히 다려줄게

다시 세상 밖으로 나가

앞으로 전진할 수 있어

나가서 좋은 사람 만나

다시 사랑할 수 있어

넌 할 수 있어

영화 현장

꿈 많은 별들을 만났다

모두 빛나게 뜨기를

소망한다 갈망한다

땀 흘리며 뛰는 이들

진두지휘하는 선장

모든 장비들과

그림을 만들어낸다

별이 지고 해가 떠오르고

모두의 열정도

절정으로 피어올랐다

내 모습

눈동자에 비치는 내 모습이

초라하다

거울에 비친 내 모습이

야위어 보인다

사진 속에 찍힌 내 눈주름에

어린 시절로 돌아가고 싶다 혹은 시간이 지나면

난 어떤 모습일까 많은 생각이 맴돈다

나에게도 해 뜰 날이 올까

매일 똑같은 일상의 반복

난 잘하고 있는 걸까

난 잘 가고 있는 걸까

글에 비치는 내 모습은
그래도 아름다워 보여

나를 잘 모르겠다
나야 넌 누구니

금메달

올림픽이래

약 4년에 한 번 연락이 온대

꼭 트로피 들고 연락할 필요 없이

평소에 자주 하라는 말이겠지

냉큼 보러와 주는 너희가 고마워

같이 붙어 다니고 팔짱까지

끼고 다녔던 나였는데

연극과 영화를 보러와 주었던 고마운 친구들

부족했던 나지만 보여주고 싶었던

이 이기적임을 반성해

그럴 때만 부르긴 했어

미안하다

바다 보며 소주 한 잔 기울이고 싶다

하늘에 있는 친구도 함께

너희들이 금메달이야

단상에 올라가서

박수 쳐 주고 안아주고 싶은

친구들

퇴근길

지하철 안에서 한강이 보일 때
시선이 밖으로 향해

꽉 막힌 도시에서 그 순간은
잠시나마 날 숨 쉬게 해

밑을 보다 떨어지면 어떨까
예쁘다 넓다 차가 많다
집 가서 뭐 먹지
여러 생각들이 맴돌아
돌아오는 길이 쓸쓸해
이때만을 기다렸는데 말이야

나무 기둥

소나무 기둥에 등을 기댔다
살포시 머리를 젖히고

나무가 괜찮다 말한다

저릿한 내 마음에
단비를 뿌려줬다

너로 인해 잠시
치유가 된다

위기와 기회

내 인생은 위기의 연속이다
돌덩이가 위에서 떨어졌는데
일단 다 피했다
사실 몇 대 맞기도 했지
맞아갈 일 수두룩하겠지

헤쳐 나가는 맛이 짜릿하다
어느 시점에선
용기가 부족하다
자신감만 갖는다면 그 순간
날개가 펼쳐질 텐데
그 경계의 선이 참 힘들다
준비를 더 해보자
기회는 반드시 올 거니까

바다

마음이 울적해서
만나러 나왔어
속 얘기 뱉어도
삼켜줘서 고맙다

밑에 사는 친구들
보러 오는 사람들
하늘 위 기러기들도
너에게 감사한다

탁 트인 바다야
비릿한 냄새와
소금기 바람이
오늘따라
참 좋구나

마음이 울적해서 만나러 나왔어
속 얘기 뱉어도 삼켜줘서 고맙다

「바다」 중에서

회전목마

동심과 사랑을 태우는
백마야 흑마야
한 길로 달리는 초원이
심심하진 않니

왕자님 공주님
웃음 싣는 황금마차도
달리고 달린다네

낙마하지 않는 법을 배운단다
국민들 실어 나른다고 고생 많다
말발굽 소리가 내겐 들린다

프라닭

구찌 킨

루이뷔통통한 닭

치킨맛에 놀랙쓰

런칭하고 싶다

장사가 잘될까 팔릴까

채널을 통해 모델은 내가 하고

닭 다리 무는 상상의 날개를 펼친다

단무지 깨무는 소리 하고 있다고

새벽 목청이 메아리친다

퍽퍽

퍼퍽살도 나를 친다

명품은 쉽게 되는 게 아니라고

병아리야

알 깨고 나왔으니

명품 닭이 돼보자고

선인장

물 뿌리면

죽을까

초강력 왁스를

바른 거니

물 뿌리면 죽을까

초강력 왁스를 바른 거니

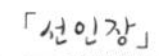

만두

겨울잠을 잤어요 언 채로
어둡고 춥고 움직일 수도 없네요
꺼내주어 감사합니다

삶아져
튀겨져
터져도

순응합니다
그게 나인걸요

님들의 미각이 즐겁다면
나는 그걸로 충분합니다

문자

스팸을 뱃속으로

「문자」

비행기, 억

구름 속에 숨어 날아가

이 구름이 걷힐 즈음엔

아팠던 모든 기억이

사라지길

하늘의 별

바다의 불가사리

지상의 바로, 나

각자의 위치에서

누군가의

촛불이 되어주자

각각의 위치에서

온기와 감성을

차디찬 우리는

알고 보면 따듯한

색이니까

각자의 위치에서

누군가의 촛불이 되어주자

「★」 중에서

수건

눅눅해졌지

눈물을 닦아주고

콧물도 침도 다 삼켜줬지

꺼억한 호흡과 울먹거림마저도

의식이 흐려지고 혼란과 착란에

적셔있던 날 닦아주었지

던져버렸어

쌓이고 쌓여 깔려있겠지

숨도 못 쉬게

이 옷 저 옷에 치여 뭉개져

겹겹이 위아래로 깔린 옷들이

널 위로하려나

너도나도 말라가겠지

오미자 어르신

그 당시의 라떼보다
지금의 나때가 좋다

라떼를 외치는 자
에스프레소 투 샷
나때를 즐기는 자
아 아 원 샷

사실 오미자가
진정 산전수전
겪은 차지

엄니

두 형제 키운다고 고생한 엄니
오십이 넘어 자전거를 배운
용기에 박수를 보내 드립니다

자전거 앞 바구니에 장본 끼닛거리
내 시야 멀리서 두 페달을
열심히 밟는 그 모습이
귀엽고 사랑스럽습니다

땀도 나고 웃는 미소에
기분이 좋은가 봅니다

오늘 저녁 김치찌개

네 가족이 마주 보며
만찬을 먹습니다

텔레비전 소리와 옆집 소리
앵커 목소리 반려견 소리

오늘 하루는 행복합니다
아무 이유 없이
마음이 편안합니다

아부지

휘어 꺾인 등짝

양손 모아

위아래로

붉게 물든 뒷모습에

내 얼굴도 달아오른다

삶에 무게에 얹혀살아가는 가장

점점 쇠약해져 가는 그대 몸에

수증기인지 땀인지 눈물인지 범벅이 된다

때밀이가 있어서 이 시간을 이 느낌을

간직할 수 있었고

가장과 가까이 맞닿게 해주었다

이제는 가장의 때밀이가 되어

시원한 삶을 살게 해주리라

꽈배기

풀려나가기 어려울걸

반죽을 잘 쳤네

사탕발림 꼬임에 넘어가네

꼬여도 이리 꼬이나

박하

사탕 알아
볼에 기대도 돼
벗겨진 살갗은
아문단다

천천히 녹아
은은히 입가에 머물다
날아가도 된단다

쉼표

모두 ! 찍고 시작하지만

왜? 시작했을까 후회도 하지만

어. 그냥 포기하자고 마침표 찍고 싶지만

, 찍고

다시! 해보면? 될 거야

방화복

화염 속 뜨거움보다

가슴 속 뜨거움이 강한 그대들

어떠한 갑옷보다도

견고하다

우리가 사는 온도보다

더 뜨겁게 사는 그대들

평범한 일상 속

그들은 오늘도 침투한다

부부

부부젤라를 불지만

서로를

응원하는 것

면봉

흰 헤드라이트

안갯속으로 서서히 진입
좁은 통로에 갇혔네

핸들을 좌우로
드리프트를 시행합니다

이 대리운전기사는
안전하게 빠져나옵니다

노란 미세먼지들과

백운대

정상의 고지가 눈앞
등산 장갑을 낀 채
촘촘히 앞뒤로 태극기를 향해 오른다

모든 이들이
북한산과 줄다리기를

승부는 나지 않는다
결국 하나가 될 뿐

고양이가 밥 달라 운다
나도 못 준다고 면치기를

풍경을 담고 운해를 쥐고
하산을 다리에게 맡긴다

숨바꼭질

꼭꼭 숨었는지
우연히 마주치지도 않네

이렇게 난 술래로 남아
널 그리워하네

키

작은

구멍일지라도

들어왔잖아

좌우로 돌려봐

너의 길이 열릴 거야

성장할 수 있어

멈추지 마

쥐고 있는 건

너야

파김치

검은 머리 파뿌리 되도록
서로 긴장하며 김장하며 살았더랬지

기억나나? 서로를 향한 눈빛을

고춧가루처럼 따가웠는데
새우젓이 되브렀구먼
구부러졌지만 돌이켜보면
감칠맛 나게 살아온 거 같아

배추 때 달달하게 만나서
신김치 때
신세 한탄도 많이 했지요
뱉어낸 짠 소금 같은 시간이었더랬지

이젠 많이 익었구먼

서로 간을 맞춰가는구나

오감을 자극할 만큼

무르익은 배추가 됐네

함께 해줘서 고맙소

검은 머리 파뿌리 되도록

서로 긴장하며 김장하며 살았더랬지

「파김치」 중에서

고구마

답답한 사람
속에 있는 이야기를 해라
솔직하게 담백한 맛탕처럼

목구멍에 가득 차고 있다
혈관이 막히는 모습 같다
속이 썩어간다

먹고 방귀는 잘 뀌면서
입으로 뱉지는 못하는가

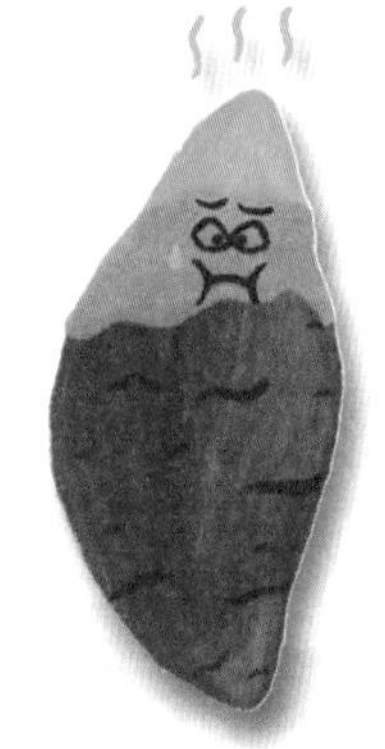

답답한 사람
속에 있는 이야기를 해라

「고구마」 중에서

꿈공장플러스

꿈들이 공장에서 완성되어 나오면
사람들을 웃고 울게 해주고
매연 없이 세상을 따듯하게 정화시켜주겠지

표지들은 영롱하며
글의 나열들이 마음속에
들어갈 일만 남았겠지

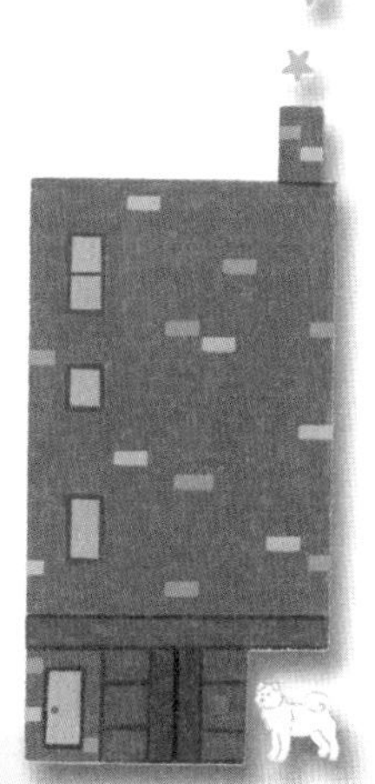

꿈들이 공장에서 완성되어 나오면
매연 없이 세상을 따듯하게 정화시켜주겠지

「꿈공장플러스」 중에서

청춘 뮤직

음악을 청취할 때 어딘가 움직여진다
스멀스멀 고개가 때론 팔과 어깨가

나이를 불문하고
음악을 즐긴다면 청춘이다
얼굴에 미간이 미소가 윗입술이
나도 모르게 왔다 갔다 한다
위아래로 부처핸섬
아래위로 업 다운 예 압

음악에 몸을 맡기고
눈을 감아보자
발라드에 취해 눈물도 흘려보자

어디선가

음악이 들려와 마음을 적신다

청춘이라 좋다

짬뽕과 두꺼비

붉게 달아올랐구나

화내지 마 열 내지 마

열기가 피어오르네

뾱뾱뾱 뾱뾱 뾱뾱뾱

왜 물가에서 울부짖어

그러지 말고 한 잔 줄래

꺼이꺼이 꺼이꺼이꺼이 꺼이꺼이

두꺼비 눈물이 내 속을

따듯하게 적셔주네

비가 오는 날

너와 자주 만나는 거 같아

식어가고

그쳐지고

비워지면

넌 뛰어올라

사라지고

난 널

또 찾겠지

어느 날

만약에 내가 어느 몇 날 며칠 하늘로 간다면

혹은 지옥으로 간대도

이 세상,

지구 대한민국에 태어난 걸 감사하게 생각하며

부모님 친구 동생 인큐베이터 옆 신생아 친구 간호사

나를 스쳤던 혹은 길 가다 눈이 마주쳤던

싸웠던 사랑했던 우정했던

머리 위로 떨어졌던 새똥까지도

다 추억하며 기억하도록 하며

떠날 테니

상처 줬던 부분이 있었다면

너무너무 미안하고 용서해주고

나로 인해 좋은 기억이 있었다면

다행이라 생각합니다 혹시나
장례식장에 오는 사람들이 있다면
영정사진 보고 슬퍼하지 말고
육개장 한 그릇에 술 한잔 기울인다면
그걸로 너무너무 고마울 거 같아요

제가 지금까지 느끼는 세상은 그래도
전반적으로 밝고 따듯한데
내 자체에 내재되어있는 심장은 슬픈가 봅니다
웃음이 막 잘 나오지는 않아요
어느 감각기관 하나에 문제가 있는 게 분명합니다

마지막으로 그냥 그래도 사랑이 최고인 거 같아요
어느 형태의 사랑일지라도 범주 안에 있다면

사랑하면 좋을 거 같아요 제가 할 말은 아닌데

미숙하지만 조금이나마 성장했던 건 사랑했기 때문에

그리고 사랑받았기 때문이었다는 생각이 드네요

오늘도 수고하셨고 편안한 밤 보내세요

- '영원히 잠들게 되면'이란 생각이 머릿속을 지배했던 어느 날 -